De compras en Wonder Market

Lada Josefa Kratky

NATIONAL GEOGRAPHIC LEARNING | CENGAGE Learning

Esta tienda ha tenido mucho éxito. Aquí se vende de todo.

Hay koalas, ositos
y patitos. Y hay
mucho más.

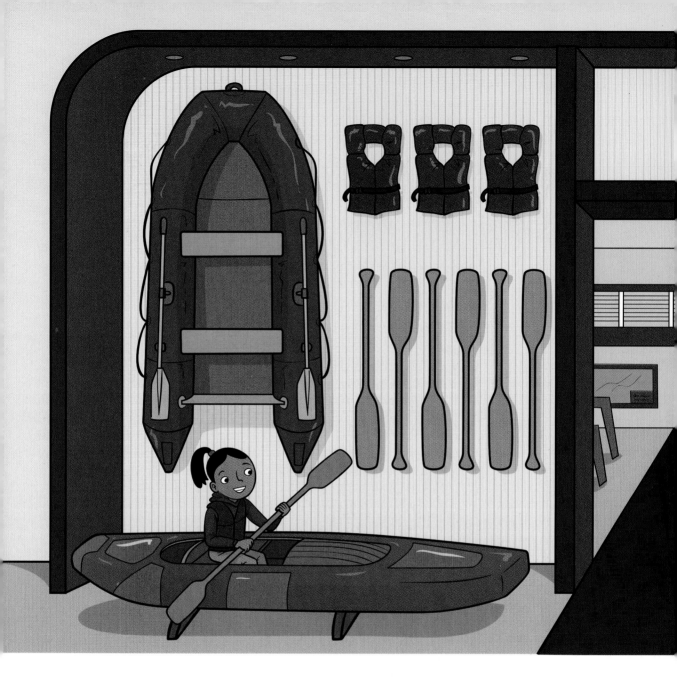

Hay botes y remos.

¡Hay hasta un kayak!

Hay equipo de karate.

¡Es exacto lo que busco!

Hay kimonos excelentes.

Hay bananas y manzanas exquisitas. ¡Y hay kilos y kilos de kiwis!

¿Qué hay por un billete de Washington?